INAUGURATION

DE LA STATUE

DE

Pierre Corneille,

POËME EN TROIS CHANTS.

La composition typographique a été faite par l'auteur.

LE JOUR

DE L'INAUGURATION

De la Statue

DE

PIERRE CORNEILLE,

A ROUEN;

Poème en trois Chants,

PAR

J.-C. DEFOSSE,

DU GRAND-QUEVILLY.

Rendons, amis de la science,
Hommage au poète divin !

ROUEN,

F. BAUDRY, IMPRIMEUR DU ROI,

RUE DES CARMES, N°. 20.

1834.

LE JOUR

DE L'INAUGURATION

DE LA STATUE

DE

PIERRE CORNEILLE,

A Rouen;

Poëme en trois Chants.

CHANT PREMIER.

A Pierre Corneille.

O! quel jour glorieux pour toi vient de paraître!...
Vois!... L'antique cité qui jadis te vit naître
Et qui, fière aujourd'hui de t'avoir en son sein,
Tressaille de gaîté dans son heureux destin.....
L'oiseau, le cœur joyeux, chante sous le feuillage,
Les vents sont enchaînés, le ciel est sans nuage.

Bientôt, l'astre du jour, d'un éclat radieux,

S'élève en parcourant l'immensité des cieux ;

Il semble t'admirer dans sa course infinie

Et reconnaître en toi le sublime génie

Dont le nom de tout tems fut toujours révéré,

Et que Rome, en un mot, eût jadis adoré.

Dans les airs retentit le joyeux cri de gloire,

Et tout Rouen s'éveille et pense à ta mémoire

Dont le doux souvenir est si cher à tout cœur

Qui sait apprécier ton illustre grandeur ;

Il est énorgueilli de la belle journée

Qui, pour t'inaugurer, doit être destinée ;

Puis, dans son doux transport, il prononce soudain

Ces deux mots qui déjà sortîrent de son sein :

Rendons au GRAND CORNEILLE un solennel hommage,

Conservons à jamais son immortelle image

Que la postérité doit honorer un jour,

En consacrant pour lui son respectable amour.

Bientôt, de toute part, la foule se remue,

Elle s'empresse tant qu'on la croirait émue ;

Mais c'est auprès de toi qu'elle veut approcher,

Au pied du monument que l'on va t'ériger,

Illustre souvenir à jamais mémorable,

Dont le noble sujet est toujours respectable.

Vois flotter sur les eaux tout ce peuple nouveau

Qui fait gémir les ponts sous son pesant fardeau ;

Vois aussi sur les quais... regarde ce beau monde

Qui dirige ses pas vers le milieu de l'onde [1]

Où tu vas pour toujours paraître glorieux,

En élevant ta tête aux demeures des dieux...

O CORNEILLE !... ô qu'en moi tu fais naître de charmes !...

Ah ! déjà de plaisir j'ai versé quelques larmes

En pensant que bientôt le célèbre David

Va te mettre en nos mains, illustre auteur du *Cid !*

C'est lui qui va chez nous te redonner naissance,

En te faisant paraître en cette belle France

Qui, dans ses doux transports, t'admire chaque fois

Qu'elle entend prononcer ton nom de quelque voix ;

C'est lui qui va te rendre à la cité ravie

[1] Le terre-plein du Pont-Neuf.

Qui, toujours de te voir est brûlante d'envie ;
Oui, c'est par son talent, son ciseau créateur
Que tu vas reparaître en ta simple grandeur !

O!... que vois-je au lointain, dans la plaine tranquille !...
C'est le simple artisan qui fuit de son asile,
Et qui vient prendre part aux plaisirs ravissans
Que Rouen sent renaître aujourd'hui dans ses sens :
Viens! lui dit une voix qui dans les airs s'écrie,
Viens admirer le sort de l'antique Neustrie
Qui va voir à l'instant renaître dans son sein
Son poète fameux, son célèbre écrivain.

Citoyens éloignés du lieu qui l'a vu naître,
Pleins des mêmes transports, venez le voir paraître,
Car il va respirer dans ce bronze immortel
Qui nous le reproduit en ce jour solennel.

CHANT DEUXIÈME.

—

L'Inauguration.

Le signal est donné! l'heure est aussi venue!...

Le voile qui tantôt le cachait à ma vue,

Vient dans ces doux instans de tomber à ses pieds,

Et tous les cœurs ravis se sont vite écriés :

Le voilà!... C'est bien lui!... C'est bien le GRAND CORNEILLE!...

Et sa belle posture est toujours la pareille!.....

Oh! quel air de grandeur et de sévérité!...

Honneur à toi, David!... Qu'il est bien imité!...

On dirait, à le voir, que sa bouche déclame

Ses admirables vers toujours remplis de flamme!

Il est dans le moment de l'inspiration ,

Il livre son esprit à la réflexion.

Dans le sein des savans [1] que ce beau jour anime ,

On entend le récit d'un discours magnanime

Qui fait dans tous les cœurs naître l'enchantement,

Et que l'oreille écoute avec empressement ;

— Il s'adresse à l'auteur que toujours on regrette,

Et dont parle sans fin la langue du poète.

La musique soudain , par ses bruyans concerts ,

Fait retentir parfois tout le vaste univers.

Enfin , de toutes parts l'allégresse découle,

Des lèvres des savans , même aussi de la foule

Admirant dans ce jour l'illustre novateur

Que la France revoit dans toute sa splendeur.

Dans son maintien martial et sa belle tenue ,

La garde [2] vient au loin de passer la revue ;

[1] Les membres des Sociétés académique et d'émulation de Rouen.

[2] La Garde nationale de Rouen.

Elle approche soudain du jeune monument

Où renaît notre auteur dans ce joyeux moment,

Et, défilant au pas devant cette merveille,

Elle dit et redit : honneur au GRAND CORNEILLE !

Et le peuple au-de-là voit passer l'arme au bras

Les zélés Rouennais, les citoyens-soldats,

Défenseurs dévoués à leur belle patrie

Qui, du cœur du Français de tout tems fut chérie ;

Puis, le bruit des canons sur les tranquilles eaux,

Se répète au lointain dans nos riches coteaux

Témoins des doux plaisirs que Rouen dans son ame

Aujourd'hui sent brûler comme une ardente flamme.

Oh ! quel riant tableau !... Quel attrait enchanteur

Offre-t-il aux regards du zélé spectateur !...

Partout avec plaisir se promène le monde

Et principalement au sein même de l'onde,

Où vient de s'élancer du cahos de l'oubli,

En présence du peuple en lui-même attendri,

L'Homère qu'en ce jour chacun de nous salue

Par un regard lancé vers le sein de la nue.

Du jour déjà s'enfuit le lumineux rayon
Témoin de nos transports, durant cette action ;
Mais il reparaîtra dans sa course infinie,
Devant l'illustre auteur, devant le grand génie.

CHANT TROISIÈME.

Le Soir.

Hélas! déjà la nuit vient d'étendre son voile,
Et partout aux regards le beau ciel étincelle!...
Oh! que j'admire alors ces rayons lumineux,
Admirables clartés, riche ornement des cieux,
Dont le brillant éclat semble aussi rendre hommage
A celui dont chacun vient admirer l'image,
Et qui fait l'ornement de sa belle cité,
Dont le cœur à l'instant est encore enchanté,
Pensant aux doux plaisirs que partout il éprouve
En possédant l'auteur que David lui retrouve

Au moyen de l'adresse existant dans ses mains,
Pour redonner la vie aux célèbres humains !...
Oh ! que j'admire encor, durant cette soirée,
Une clarté brillante et sans cesse admirée !
C'est, du beau monument, l'illumination
Dont la Seine reçoit la réflétation.

Au Théâtre-des-Arts, de notre grand Génie
L'on voit jouer *Cinna,* la belle tragédie.
Là, quel charmant coup d'œil ! que tout est merveilleux !...
Tous les cœurs sont ravis !... Les sons harmonieux
Du sublime Apollon parfois se font entendre,
Et produisent toujours le plaisir le plus tendre.
Que de jeunes beautés dans leurs brillans atours !...
On dirait, à les voir, d'une troupe d'amours :
Leurs visages, empreints du signe d'allégresse,
Font admirer partout leur beauté, leur jeunesse :
Et plus d'un jeune amant, l'œil âpre à les fixer,
Sent son cœur tressaillir et veut les contempler.
L'acteur est sur la scène, et sa bouche déclame
Du poète fameux les vers remplis de flamme ;
Puis, l'on entend soudain les applaudissemens,

Répétés à la fois comme des roulemens.
Hélas! tout est joyeux!... Sous la voûte éthérée
Passe dans les plaisirs la brillante soirée.

Après tant de transports vient l'heure du repos :
Dans les bras de Morphée on se livre bientôt,
Avec le souvenir de l'illustre CORNEILLE,
De sa noble cité la plus belle merveille !

(Octobre 1834.)